# Nur in der Erinnerung ist absolute Ruhe

Briefköpfe und Briefauszüge von

## Hugo Gugg

Im Gedenken an den verehrten Lehrer
zusammengestellt von seinen Schülern

Verlag und Auslieferung durch
Hans Christians Verlag, Hamburg

Verzeichnis der Bilder

Nur in der Erinnerung ist absolute Ruhe und gerade darum des Ewigen stilles Feuer, sein unvergängliches Glühen.

Kierkegaard

»Und wer auch nur eine Erinnerung hat, ist reicher, als ob er die ganze Welt besäße«, sagt Kierkegaard. Und diese kleinen Skizzen, die im Grunde große Bilder sind, sind für mich ein Schatz und eine Vorbereitung für meine Arbeit.

– Der Schatzenstein im Erzgebirge –

Aus den dämmerdunklen Wäldern des Erzgebirges, nahe der Grenze Böhmens, ragt, silberglänzend, ein Schieferfelsen in das unermessliche Rund der blauen Himmels =

Ich benutze die Stunde gegen Abend, Euch einen Gruß zu schreiben. Es fehlte mir die Lust zur Arbeit. Ich habe alles bereit dazu, aber es ist mir zuweilen, als ob ich auf etwas warte. So eine kleine Zeichnung gelingt mir dann aber doch. Sie ist der Ausdruck der jeweiligen inneren Lebensbewegung. Ich habe dabei nicht das belastende Gefühl der Verantwortung, sondern fühle mich frei wie ein Kind, das spielt.

Meine Freunde!

An der Grenze ist das Unsichtbare. Gerade an der Grenze verbindet es sich mit dem Sichtbaren. Es ist nichts richtig dargestellt, wenn nur das Sichtbare erkannt ist. Nur durch Verbindung mit dem Unsichtbaren erhält das Sichtbare seine Proportionen. Losgelöst vom Unsichtbaren quillt es auf vor lauter Deutlichkeit und wird falsch – überdeutlich.
Das Unsichtbare darf nicht verletzt werden.

Capo di Sorrento

. . . es müssen in solchen Bergen enthalten sein alle Berge, in der Ferne alle Fernen, im Himmel alle Himmel, in jedem Baum die ganze Fülle der Baumwelt – in den Öden alle Öden der Welt. Dann erst vermögen sie, die Atmosphäre an sich zu reißen, zu binden das, was ein Bild groß und monumental macht.

(Der Monte St. Angelo in Agerola (Süd-Italien 1939)

Jede Kritik am Objekt, gleich ob berechtigt oder unberechtigt, erschwert die Arbeit des Eindringens – nur tiefe Liebe macht ein solches segenbringendes Eindringen möglich. Und die Liebe, die sehr wohl alle Mängel erkennt, führt an die Grenzen der höchsten Objektivität.

Einzelheiten und zusammenhanglose Erscheinungen abbilden ist Naturalismus, nicht echte Kunst. Das echte Kunstwerk schließt unser Wesen auf und ist Lebensdeutung in der Aufhellung des Zusammenhanges zwischen der sichtbaren und der unsichtbaren Welt.

. . . und diese Empfindungen von Ferne, Unberührtheit, Stille, Einsamkeit und Schönheit zu erwecken ist mein Bestreben, soweit ich mich überhaupt zurückerinnern kann. So male ich bei den verschiedensten Motiven im Grunde doch immer dasselbe. Das wünsche ich mir zu erhalten bis zur letzten Stunde.

Ich glaube, ich denke so manchmal, daß man später einmal, wenn etwas von unserer Arbeit erhalten bleibt, sich wundern wird, wie so abseits vom Leben und Treiben dieser Zeit eine solche Stille und Weltabgeschiedenheit in Bilder gebannt werden konnte.

Vogelherd u. Katenberg bei Kösen

Es handelt sich nicht um Ansichten, sondern um Versuche, das Wesen der Natur, den in ihren Symbolen sich enthüllenden Weltgeist zu veranschaulichen.

Wie schön ist es, diese Arbeit zu tun, auch wenn wir sehr einsam stehen.

– Der Schatzenstein –

Aus den dämmerdunklen Wäldern des Erzgebirges, nahe der Grenze Böhmens, ragt, silberglänzend, eine Schieferklippe in das unermessliche Rund der blauen Himmelskuppel – der Schatzenstein. – Es geht die Sage, daß einmal in jedem Jahr, Tag und Stunde sind unbekannt, ein Mädchen aus dem Walde heraustritt und singt. Sie ist gesehen worden, aber schon nach wenig Augenblicken war das schöne Menschenbild wieder in seine Verzauberung zurück entschwunden.

Denn nur wer sie sieht und in ihren Gesang einstimmt, kann sie erlösen und den verborgenen Schatz heben.

Vorhin habe ich die Farben gerieben und sinne nun auf den Anfang der Malerei an dem (aufgezeichneten) Bilde »Sonthofen«. Ich denke, daß es schön wird. Von jeder Arbeit möchte ich, daß sie die schönste wird. Schon seit 14 Tagen bin ich immer wieder daran, mit dem Malen zu beginnen. Immer wieder habe ich verbessert, verändert.
Und dabei tritt das ganze Bild immer deutlicher zutage und hat sich weit entfernt von den Eindrücken und Bildern, die mir anfangs so nebelhaft vorschwebten.

(Casa Falanca, 24.5.1939)

Meine liebe Katja!

Drei Briefe aus Ihrer lieben Hand liegen vor mir: vom 14.4.47, 4.5.47 u. vom 3.6.47. Als Ihr zweiter Brief kam, habe ich sofort diese Krakelbeine gemacht, in Erinnerung schöner, gemeinsam durchlebter Zeit. Ich wollte Ihnen gleich schreiben, u. immer, immer sah ich Ihre Briefe auf meinem Tisch liegen, aber es drängte immer

Wenn die Menschen nur ahnten, wie beseligend es ist, sehen zu können, sie würden sich vielleicht doch darum bemühen. Ich glaube, so wie ihr Kinder euch sehnt, meine Arbeiten zu sehen, so sehne ich mich danach, daß ihr sie sehen könntet.
Ich denke manchmal daran, daß ich doch nur für das Letzte, die ganz große Liebe male, andere erfassen eben, soviel sie vermögen.

Die ihr Felsen und Bäume bewohnt, o heilsame Nymphen,
Gebet jeglichem gern, was er im stillen begehrt!
Schaffet dem Traurigen Trost, dem Zweifelhaften Belehrung,
Und dem Liebenden gönnt, dass ihm begegne sein Glück!
Denn euch gaben die Götter, was sie den Menschen versagten,
Jeglichem, der euch vertraut, tröstlich und hilfreich zu sein.
(Goethe)

Ich werde alle Tage auf das Aufwärtsweisende hingewiesen. Ich bemühe mich in allen Arbeiten um die Ruhe, die ich verbreiten möchte mit den Arbeiten, die Stille, aus der wir die Stimme des Alls vernehmen.

Napoleonstein bei Naumburg
1950

In meinen Träumen bin ich immer unterwegs auf Reisen, in alten Städten und Ruinen mit Freunden und lieben Menschen zusammen, und oft finde ich am Morgen dann auch die Zusammenhänge.
Eigentlich lebe ich immer, auch im Schlaf.
Das ist sehr schön.

Ich male ja fast jedes Bild anders und lerne von Bild zu Bild, und das Aufopfern des Unwesentlichen ist das Beherrschende.
Es dauert lange, bis ich dazu komme. Ich gehöre sicher zu den Langsamen.

„Frühling lässt sein blaues Band
Wieder flattern durch die Lüfte;
Süsse, wohlbekannte Düfte
Streifen ahnungsvoll das Land.
Veilchen träumen schon,
Wollen balde kommen. —
Horch, von fern ein leiser Harfenton!
Frühling, ja du bist's!
Dich hab ich vernommen!"

(Mörike)

6 III. 1951

Bei den einfachsten häuslichen Arbeiten, die ich frühe tue, werde ich an irgendwelche schönen Länder erinnert.
Die machtvolle Stille der Natur! Wie durch ein offenes Tor gehe ich Wege, die ins Unermeßliche führen. Sie erschließen unser Inneres.
Die Stille ist wie ein Raum, der die Welt von mir fernhält. Und wenn der müde Tag in Dämmerung sich hüllt und die Stille des wachsenden Dunkels in mich hineindringt, sehe ich noch die schwarzen Bäume, die regungslos aufragen in die klare Unermeßlichkeit des nächtlichen Himmels, daraus vereinzelte Sterne funkeln.

Hymne an die Nacht (Novalis)

Muss immer der Morgen wiederkommen? Endet nie des Irdischen Gewalt? Unselige Geschäftigkeit verzehrt den himmlischen Anflug der Nacht. Wird nie der Liebe geheimes Opfer ewig brennen? Zugemessen ward dem Lichte seine Zeit; aber zeitlos und raumlos ist der Nacht Herrschaft. — Ewig ist die Dauer des Schlafs. Heiliger Schlaf —

Die Zeit entflieht unter der Arbeit, die alle Tage schwerer wird, weil die Verantwortlichkeit wächst. So schön, wie ich einen Baum sehe, habe ich noch keinen malen können.
Es erscheint mir alle Tage schöner und damit unnahbarer.

„Die Schönheit des künstlerisch vollendeten Bildwerks ist eine Glücksverheissung.“ (Stendhal)

„Was wir in dem erhabenen Zustande unseres Gemütes schauen, – im tagwachen Dasein findet es nicht Erfüllung. … Das Unwiederbringliche toter Jahrtausende, der Zauber des Nieerreichbaren ewiger Fernen, die namenlose Wehmut verschollener Lieder, – es würde nie erreicht werden und

Mir hat nie am Ausstellen etwas gelegen, sondern ich bin glücklich, wenn die Besitzer meiner Bilder sie (wie Goethe sagt) nicht nur haben, sondern sie (wirklich) besitzen im innersten, im wahren Sinne des Wortes, wenn sie eine Beziehung dazu haben, etwas davon haben, stille davor werden und die Nähe der Gottheit fühlen.

Sie wissen, daß ich es nicht an der Arbeit fehlen lassen darf und daß die Arbeit so große Ruhe und Sammlung erfordert, so daß einem alles andere leicht zuviel wird, zumal in späteren Jahren, weniger wegen der abnehmenden Kräfte als der wachsenden Gewissenhaftigkeit.

Meine lieben verehrten Freunde!

24. VII. 1950. Nahe des Osttores von Assisi, etwas unterhalb der Hauptstrasse, am Süd-
abhang des Hügels, auf dem Assisi erbaut wurde, liegt das Nonnenkloster San Damiano,

Hier scheint die späte Nachmittagssonne von Westen her an den Turm. Und von der Mauer aus, von oben sah ich die Tempel im Sonnenglanze stehen und hinter ihnen das Meer. Es war mir so weh im Herzen, so seltsam, wie es mir manchmal bei den allergrößten Kunstwerken geht, so zu tiefinnerst glücklich bis zum Schmerz.

"Du bist Orplid, mein Land, das ferne leuchtet.
Vom Meere dampfet dein besonnter Strand den Nebel,
so der Götter Wange feuchtet.
Uralte Wasser steigen verjüngt um deine Hüften, Kind!
vor deiner Gottheit beugen sich Könige, die deine Wärter sind."

Lassen Sie also diese Helden, die »Modernen«, sich austoben, gehen Sie den Weg der Wahrheit – vielleicht gehen die anderen ihn auch, darum brauchen wir uns nicht zu kümmern.
Aber wir wollen darum ringen, den Formen, überhaupt allem seinen tiefen Sinn und seine ursprüngliche Bedeutung zurückzugeben und so der dauernden Verflachung und der Seelenlosigkeit entgegenzuarbeiten durch Innerlichkeit.
Wenn in dieser Welt etwas zum Besseren helfen kann, so ist es Innerlichkeit, Seele, Glaube an das Gute.

Ein attisches Sprichwort sagt: »Das Schöne ist schwer«. Wer faßt die ganze Seligkeit einer Form? Wenn die Menschen nur ahnten, wie beseligend es ist, sehen zu können, sie würden sich vielleicht doch darum bemühen.

Sorrento (Süd-Italien (1939)

Ich vertiefe mich in die einsamsten Winkel (Bild Via Appia) menschenleerer Landschaften, male Blümchen und Kräuter einer Wildnis, die Jahrtausende überwuchert und umrankt. Ich bemühe mich, einen klaren eindeutigen Ausdruck für meine Erlebnisse zu finden, eine Form, die ich als harmonisch beglückend empfinde und die vielleicht einmal nach vielen Jahren erst in ihrer ganzen Bemühung erkannt wird.

Rom – An der Via Appia –
(1939)

Den Tag über habe ich gemalt, allein im Atelier, an der Via Appia, immer wieder die Albaner Berge hinaus in die blaue Weite drängend und die Größe auf den kleinsten Raum hinausdehnend. Bald arbeite ich an der Mauer oder dem Gemäuer, bald an den dunklen Zypressen, oder ich setze einige weiße Blumen in die braune Wildnis. Die Berge schiebe ich hin und her wie der liebe Gott, bis sie ihren unverrückbaren Platz und ihre kristallklare Form haben.

Rom - Via Appia antiqua 8.IV.1938 - H.G.

Ich arbeite an meinen italienischen Bildern und lebe so in einer ungetrübten einsamen Welt. Ich bin so glücklich, wie ein Mensch sein kann. Desto schwerer lastet auf mir, daß die Jungen draußen stehen in diesem schauerlichen Kampf. Und kein Mensch vermag etwas zu tun, was diesem dämonischen Irrsinn Einhalt täte.

Ich bin noch immer am Bilde der Via Appia . . .
. . . Ich vergesse fast, daß das Bild gemalt ist. Es ist wie die Natur selber; alles langsam entwickelt, bis auf wenige Stellen, die noch in Arbeit sind, durchgebildet, womit ich nicht »ausgeführt« meine. Sondern im Gegenteil habe ich oft die Ausführlichkeit zurückentwickelt ins sozusagen »Unfertige«. Alles wird wieder vorgenommen und dient dem Ewigen, Unvergänglichen.

Liebe Erika!

12. I. 1947. Am 7. 1. 47 kam Ihr Päckchen mit dem köstlichen Brot u. Ihren lieben Zeilen an, also einen Monat war es unterwegs, u. es ist tadellos angekommen. Von Herzen Dank!

Wir selber müssen alles tun, um uns nicht mitreißen zu lassen in den Strudel, der ja nur unheilvoll ist und des Menschen Seele fordert. Der Mensch könnte auf vieles verzichten, glaubt aber, so sehr viel nötig zu haben, und darüber, über dem Unwesentlichen, dem Luxus und dem Schund, verliert er den Himmel.

Vorlautes Reden und Geistreichelei haben die Stille des Gesammeltseins in Verruf gebracht. Aber nur in der Stille, die ergreifend ist, kann das Unnennbare aus dem Inneren hervordrängen, das Unaussprechliche, wofür die Sprache keinen Ausdruck hat.

Lago di Averno. 25.5.1939

Wir müssen ganz in die Stille horchen und uns durch nichts Äußerliches verleiten lassen, wir müssen ganz in den Gegenstand eingehen und mit ihm schwingen, und so muß unter dieser großen Einfühlung auch der kleinste Teil des Bildes stehen.

Das geniale Kunstwerk – in der ganzen aus ihm sprechenden Intensität, in der Konzentriertheit der in ihm enthaltenen Seelenäußerung – zieht uns unmerklich aus dem Kreise der Gewöhnlichkeiten und Nebensächlichkeiten heraus und weckt in uns ebenso unmerklich den Sinn für das Wesentliche, für das Jenseits, aus dem seine Äußerungen und Gestalten emportauchen.

8.XI.1941

Es gehört Mut dazu, das Bestehende immer dem Werdenden zu opfern, immer die heimliche Angst, ob es gelingen werde – bis man sich hineinstürzt und Meer und Wogen vergißt.

Meine liebe Katja!

29.III.1947. Heute früh kam Ihr guter, lieber Brief, Katja u. ich hätte mich am liebsten gleich hingesetzt, um Ihnen zu danken. Sie haben mir eine ungeahnte, ganz besondere Freude damit bereitet, – mit jedem Wort, so, wie ich es nicht anders gewohnt bin

Und ich sehe dann oft noch hinaus in den Nachthimmel, in diese Welten. Und manchmal überweht es mich wie eine Ohnmacht, manchmal wie eine tiefe, tiefe Traurigkeit und oft so beglückend, daß Tränen in die Augen drängen.
In einem Menschenleben so großer, unfaßbarer Reichtum! Beglükkend! Bedrückend! Und der Drang, die Sehnsucht nach Erfüllung des eigenen Lebens!

Ich lebe so mit nahe verbundenen Menschen immer in der gleichen Hoffnung und dem einzigen Glauben an die Erfüllung ihrer Sehnsucht im Geistigen und die Erlösung in ihrer Arbeit durch die unbewußten Kräfte.

Meine liebe Gunhilde!

Für Ihren lieben Brief heute von Herzen Dank! Auch für die schönen Worte von Stählin. Stählin hat eines meiner Bitterfelder Enkel – Regina – getauft, er ist ein Freund von Hildegards Mann, von der Familie, u. wir kennen ihn auch, – u. ein junger Freund von uns, ein Architekt, Hörr. in Lörrach, hat eine Tochter Stählins zur Frau. Ich besitze auch ein Büchlein von Stählin, kann es aber im Augenblick nicht finden. — Victor Hehn sagt, alles Leben, „alles Werden entspringt aus einem Widerspruch, jede Entwicklung." Diese Worte fielen mir ein beim Lesen Ihres Briefes, wo Sie schreiben: ... „aber vielleicht ist das Leben aus dem Kontrast heraus am schönsten!" Und ich setze noch die Worte Goethes hinzu: „Trinke Mut des reinen Lebens" ... — Aber ich schreibe nur schnell wegen dem Sonntag, d. 8. Jan.

## Nachwort

Professor Hugo Gugg, geb. am 21. 8. 1878 in Leipzig, gestorben am 25. 4. 1956 in Weimar, lehrte mehr als zwanzig Jahre an der Staatlichen Hochschule für bildende Kunst in Weimar. Wir, seine Schüler, halten ihn für einen der wenigen bedeutenden Landschaftsmaler und Porträtisten seiner Zeit. Neben seinem eigentlichen umfassenden Werk, das in Privatbesitz weit verstreut ist und das noch der eingehenden Würdigung harrt, gibt es von ihm eine Fülle kleiner Aquarelle und Sepia-Zeichnungen, die er als »Briefköpfe« den Briefen an seine Kinder und Freunde voransetzte. Von hohem künstlerischen Rang und innerer Größe, bilden sie eine Welt für sich.
»Kleine Skizzen, die eigentlich große Bilder sind«, nannte er sie selbst und bezeichnete so die Stelle, die er ihnen in seinem Werk zumaß.

Die kleine Auswahl, die wir hier veröffentlichen können, verdanken wir zumeist seinem Sohn, Dr. Wolfgang Gugg, der sie aus seinem reichen Schatz zur Verfügung stellte. Briefköpfe Hugo Guggs werden hier zum erstenmal wiedergegeben, und zwar in Originalgröße.

Die beigefügten Textauszüge durften wir Briefen an Schüler und Angehörige entnehmen. Sie haben keine unmittelbare Beziehung zu den Zeichnungen. Aber, Wesentliches aussagend, zeugen beide von einem souveränen Geist, von der Hingabe des Meisters an das Sichtbare und – Unsichtbare.

Den vielen Spendern und Subskribenten, ohne deren Hilfe dieses Buch nicht hätte erscheinen können, gilt unser besonderer Dank.

Katja Meinecke

Adolf Müller

Hugo Gugg · Briefköpfe und Briefauszüge

Herausgegeben 1985
Gestaltung und Druck Christians, Hamburg
ISBN 3-7672-0934-9